歌集

七文半の足あと

岩間啓二

砂子屋書房

＊目次

装本・倉本　修

歌集　七文半の足あと

七文半の足あと

しあはせになりたいけれどしあはせがなにかしらない秋刀魚をくらふ

煙突のなかの煙は煙突の型を抜けつつ空に出てゆく

霜柱踏んだわたしの足あとが七文半のころの朝焼け

死者の顔みんなに見せて黙礼し小窓を閉ぢる白い手袋

ほんたうの空が広がる安達太良の山頂に来て食べたあんパン

たそがれの大観覧車にのらんとし馬車道駅より妻とあゆみぬ

ひかり差す茂市ヶ坂の雨上がり　若き日の母まぼろしに見ゆ

犬吠埼マリンパークの飼育員ペンギンの背を客に撫でしむ

姨捨の駅舎の軒で子育てにはげむつばめを妻と見上げき

ゆく春の尾道渡船渡し場で小学生とことばを交はす

柿色の夕陽にそまる伊豆沼に大白鳥は黒くただよふ

飼ひ猫の死にすすり泣く梅堯臣われはうべなふ千年を経て

遠き日の青葉通りをゆくバスの排気好みき桃の香に似て

マジウケるケータイ小説読み切れず目薬たらす六十五歳

掃除機でティッシュペーパー吸ふやうに子供ら乗せる幼稚園バス

カステラのほのかに香る手紙読む木箱にしまっておいた青春

伊藤帽子店

鍵穴を覗いたことのないやつに江戸川乱歩のよさはわからぬ

母と来た大食堂のテーブルの一輪挿しの水仙の花

黒い舌ねつとり伸ばし枝の葉をアミメキリンがからめとる夏

花道でメガネをはづし付き人にひよいと渡して四股ふむ力士

歌詞の意味わからぬままに斉唱し卒業式になみだぐみにき

はりがねで自転車つくり新宿の路上で売りき長い髪して

松竹の美術係が取り付けた何十枚もの黄色いハンカチ

今度こそ猿でもわかる入門書読んでみたけど弾けないギター

この坂を茂吉こえしかつぎつぎと笹谷峠にあらはれる虹

台風が過ぎてこほろぎ鳴く野辺に赤い満月ぽかんとのぼる

もうやめてしまひし伊藤帽子店　十二の春に学帽買ひき

なにかしらこころせくことつねにあり　非常口にも緑の男

「足跡は今も残つてゐるかしら」昼の月みて妻がつぶやく

ウサギの耳にコールタールを塗り続け一年続け癌作るらし

掃除機で吸ひ取る割れた砂時計それでも時は又過ぎてゆく

理科室のドアの取つ手は重たくていつもけものの匂ひしてゐた

秒針が九時で震へる掛時計　動ひてはゐる　合つてはゐない

赤い砂一途に落とす砂時計　だけど硝子の内側のこと

車断く

トイレからからからからからとペーパーを手繰る音するビルのたそがれ

ケンタッキーフライドチキン骨残りフライドポテト何も残らず

トクガワと順番待ちの表に書くファミレスの昼　この前はオダ

敷石の隙間に何かあるやうで鳩は啄む男は眠る

年取れば聞こえなくなる不快音されど聞こえる不快音あり

しましまの横断歩道ぱかぱかと渡り終へれば車嘶く

どうしてもゲームしてゐるやうに見ゆ少年二宮金次郎像

待つことの楽しさ知らぬ人の群れ色取り取りのケータイを見る

いつだってとりとめのない夢を見るとりとめのない現実の中

黒い縞赤い光が横切ればピと鳴く夜のコンビニのレジ

後足で喉を掻いてる黒猫のまねをしてみる三日月の夜

すし折りの醤油入れなる小魚の赤き口先ひねり取る妻

宮城野に萩見あたらず楽天の野球場からどよめき起こる

毛糸だと子供の頃は思つてた鶏頭今も小春日の下

たそがれのバイパスにＪＡＦ現れて車のあごを吊し連れ去る

お湯張りが終はりましたと風呂が言ふ今日も娘は口をきかない

片隅にアナログと出る白黒の末期カラーと出てゐたあたり

石垣に歪んで映る己が影よろめきながらわれを伴ふ

わが誕生日

一瞬に日付は変はり闇のなか昨日の雪が今降りかかる

湿布薬剝がして妻は床の塵ぺたぺたと取る夕暮れの部屋

爪を切るために開いた新聞紙　雪降る中に家燃え上がる

お湯で割る熊本の酒「できごころ」雪降る夜は思ふことあり

一口目蒟蒻につくわが歯形二口目には消えてなくなる

トラックは仮設トイレを積み行けり青空の下国道の上

薄暗きサウナの中に一人ゐて虫の如くに肌を這ふ汗

海老らしき物体やはり海老らしいカップ麺には四匹と半

下半身だけのマネキン立ち尽くす上半身は始めからない

スーパーの売出しに立つ着ぐるみの虎が自分の尻尾踏む午後

ワイパーの右と左が拭き残すフロントガラスの痒さうな場所

青空に卵ポコポコ浮かぶごと木蓮咲けばわが誕生日

象二頭北と南を向いて立つ鼻で西日を掻き混ぜながら

きりんにはどう見えるのかこの国のアフリカならぬ低い梅雨空

指先で顔をあちこち押してみる確かに中に骸骨がある

四本の脚で立つてたテレビにはウサギのやうな耳が付いてた

扇風機首を回して右を向き少し考へまた振り返る

豆腐なしで麻婆豆腐は作れない　いやひよつとして作れるのかも

金魚が浮かぶ

暗闇の深い穴から降りて来るパーキングタワーの私の車

途中から差出人の声になるテレビドラマで手紙読むとき

「朝顔が今日は五つ」といふ妻の声に起され今日が始まる

金色の薄れし腹を上にして金魚が浮かぶ西日差す部屋

傘差すか差さぬか迷ふ程の雨差さねば見えぬ傘の内側

観覧車もう頂上と思ふときすでに下りにさしかかる夜

手をかざす夏の日盛り黒々と妻の額に子狐がゐる

名がなくば誰も意識はせぬものがこの世にはある加齢臭など

死にたくもないがそれほど生きたくもない宵闇に星を見上げる

娘泣くコアラのマーチ食べながらフランダースの犬を見ながら

一日は二十四時間あるものを時に眠くて時に眠れぬ

金色のお守り揺れるミラー見ゆ赤いポルシェが走り去る時

セネガルとモーリタニアの鮹蒸され並んで眠る生協の棚

ごくまれに涎を垂らすことがある公園にふる小春日浴びて

割り箸を啌へて割れば木の香して立ち食ひ蕎麦は眼鏡曇らす

横に行く地下鉄降りて縦に行くエレベーターに乗る秋の夜

引き抜けば次が飛び出しそのたびに姿を変へるティッシュペーパー

酢に混ぜたオリーブオイル球となり弾けて浮かぶ瓶の終戦

木枯しの朝に布団を上げて踏む畳に残る妻のぬくもり

妻の居場所

妻逝けど朝な夕なに腹が減るいくらも食へず眠くなれども

逆さまに足を持たれたテディーベア幼女が母を捜す年の瀬

からめとるごとくねつとり語り出す昼のデパート店内放送

酢の場所も醬油の場所もすぐ覚え妻の居場所を探す夕暮れ

妻の髪ヘアーブラシに残るまま黄昏れてゆくながき冬の日

雪が降るまた雪が降る雪が降るまた雪が降るまた雪が降る

コーヒーの缶を転がす北風に押されて歩く晩翠通り

箸立てにまだ立ててある妻の箸かたりと動く箸取るたびに

眠たげにずらりと並ぶつけ睫毛マツモトキヨシ店頭の春

コーヒーを淹れる三月雪の朝テレビニュースは死者の数いふ

薄型のテレビの中に立体の梅の花咲く香りもせずに

震災でガラスの割れた写真立て素通しとなり妻がほほゑむ

パンを食べコーヒーを飲み片付けるシンクにすがりしやがんで泣いた

「ただいま」と言つて自分で「おかえり」と言ふ玄関の鍵閉めながら

斜めから見れば指紋に汚れてるスマートフォンの三つ星料理

セシウムの藁食べた牛食べぬ牛いづれにしても屠られる牛

船頭の年

雨上がり木下闇から蝶が出てまだ濡れてゐるぶらんこに着く

けーちゃんと妻に呼ばれてゐるけれど村の渡しの船頭の年

離れれば水が流れる小便器小さな滝と思ふたそがれ

どつかんとライフル銃で撃つやうに雨傘をさす退職の朝

国民的美少女コンテストなるものに未だ投票したことはない

回らない寿司を知らない子供らが巧みにタッチパネル操る

生き延びて食はずともいい菓子を食ふ夕焼け空の下は見ないで

食券をぴしゃりとおいたカウンター博徒の如く牛丼を待つ

手羽先が食べ放題の居酒屋のチラシ見てゐる鶏に隠れて

秋深し赤いきつねに湯をそそぎ五分待つ間に妻を思ひぬ

一人来て一人掻つ込み一人去る牛丼店に人は犇めく

便利だが欲しいとまでは思はないカンガルーの腹ペリカンの口

何人の人が死んでも最後には明日の天気をテレビ伝へる

ブータンに数パーセントゐるらしい幸せでない少数の人

しみじみ思ふ

ドア開けた時だけ灯る冷蔵庫　人は知らない中の暗闇

セザンヌの林檎と梨の絵のやうな林檎と梨を食べてしまへり

妻が煮た得体の知れぬジャムのある冷蔵庫また唸り始める

それぞれに意地悪さうな目付きして真冬のカモメ瓦礫にとまる

庫内から中覗く人映してるテレビドラマの夜のキッチン

校庭の隅に蛇口が並びゐて上下左右に曲がる鎌首

一切れのレモンを入れてかき回す紅茶飲むとき捨てられるのに

ダイヤルもチャンネルももう回さない地球ばかりが回り続ける

五階から見れば雨傘とりどりに色を回して霙受けをり

電柱の根方に残る雪のうへ吸ひ殻多し信号を待つ

いつぱいに背伸びをすれば朝の音聞えなくなる春のふとんに

デコポンを剝いた指先ほのかなるデコポンの香をスマホに移す

ふとさびし味噌汁啜り飯を食ひ「ごちそうさま」と一人いふとき

通りから見る薄暗き店内に男らは立ち蕎麦啜る昼

よろよろと杖突き歩く翁ゐてわが身を思ふしみじみ思ふ

怖いとか怖くないとか思はない死ねないならば少し戦く

首を差し出す

駐車場の車を次々乗り換へてフロントガラスの夏雲流る

十七年逃亡の末捕まつた女のシャツの袖の短さ

いま食みし葉はゆつくりとトンネルを落ちてゆくらんキリンの食事

庭に住む金蛇に名をつけたけどすぐに忘れる今朝もまた逢ふ

葬式で居眠りしたのは私です悲しくなかつたわけじやないのに

炎天にビルの窓拭く人のした職退きしわれそつと行き過ぐ

女の子たちが密かに持つてゐた紙石鹸といふ儚げなもの

まず叩く何の虫かは知らないが蚊でなくつてもそれはそのとき

日の丸が踏まれたあとのテレビには韓流スター愛をささやく

そば屋でも喫茶店でもわが家でも御一人様に慣れないでゐる

笑ってるやうにも見える招き猫宝くじ買ふ人を見てゐる

これまでに人を殺したことはない知らずにゐるのかもしれないが

録画したサッカー中継見てゐますＬＩＶＥの文字も録画されてて

今朝夢を見たかどうかを考へるひよつとして今その夢の中

「君だっていつか抜かれる時がくる」東京タワー呟いてゐる

夕方は豆腐屋のふえ夜更けには犬の遠ぼえ昭和のドラマ

図書館の柱のひびはおととしの三月十一日の悲しみ

「泣きながら千切つた写真」何なのか想像はつく今なら削除

ここだけの話と言つて実はねと首を差し出すときのときめき

とりあへず行く

早死にの父に似てゐるたばこの香まとつて冬のバスに乗る人

冬晴れのとりあへず行く投票所だれに入れるかまだわからない

冬の夜のきずにも見える三日月はそっと世界を覗く神の目

チンすればほのかに湯気が上がるけどはたしてそれは本物なのか

迷ひつつキャベツをよればば美女が来てひよいと一つを籠に取りゆく

洋楽のあたまになぜか「悲しき」がついてゐたころわれは少年

いつまでが冬でいつから春なのか知らないけれど梅を待つてる

鯛焼きのしつぽをちぎる媼ゐて餡の具合をじつと見てゐる

退職後ケータイ持つをやめてから誰も私を捕まへられぬ

ゆらゆらと夜のスーパーさまよひぬあと三分で値下げの時刻

陽や水や風や波やの発電をテレビで見てるコーヒー沸かし

土をとる球児の顔を写すためカメラマンらは地に寝そべりぬ

箱だつたテレビは薄くうすくなりいづれは消えてしまふであらう

春昼のセルフレジへと手をのばし唐揚げ弁当ピッと鳴かせる

しもやけの子はゐなくなり少女らはネオンのやうに爪を彩る

春の順番

ハチミツがあふれるやうに蒲団ほす大マンションの春のベランダ

桜咲く前にしておくことがある何かはいへぬ桜も知らぬ

街灯のそばのつぼみが先づひらく桜並木の春の順番

ふたつある不安はいつか死ぬことと独り長生きしてしまふこと

やはらかに腹を揺らした鯉のぼり春の光をすすりつづける

ケータイで指示されながら肉を買ふ男のかごの葱と白滝

目が覚めて夢でよかつたと思ふ夢近頃多し朝は納豆

ピザのへり奥歯でかんで思ふことあとどのぐらい生きるだらうか

まどろめばありがたうねと妻がいふ春はあけぼの寝たふりをする

高知産ピーマンの中に詰まつてる坂本竜馬も吸つてた空気

流れても流れてもまた広瀬川初夏の光りを運びつづける

紫陽花の柄のゆかたは紫陽花を見にいくときは着てはいけない

何人も敵を倒してゲーム終ふなぜ敵なのかわからないいまま

方代の歌集を開くベランダにテンタウムシが活字を登る

あのスプーンどこへいつたか食べるとき苺をつぶすこともなくなり

老人はみんな帽子と気がついて今日は無帽でスーパーに行く

雨上がり水たまりにも空が来てゆつくり雲がくぐりぬけゆく

夢のこと夢で説明してゐたが覚めてしまへばわけわからない

ユリの花咲く

クリムトの接吻の絵のやうにしてユリの花咲く庭のかたすみ

図書館の席のどこかで鳴る電話この着メロは中年ならむ

買つてすぐソフトクリームおつことし少女が笑ふわれならら泣くに

空と雲をオールで水に混ぜ込んで湖を行く初秋のボート

ばさばさと雫を切つて傘閉ぢる身震ひをする犬の隣で

夕焼けを境界とした夜と昼　日本は赤い帯を巻いてる

うなだれて風と相談するすすき「いづれは君に種を託さう」

土下座する絵文字を打つて送信す五分遅刻をわびるメールに

立冬に西洋朝顔まだ咲いて青空の下ふるへてゆれる

こんなにもかはいい名前つけながらわが子を殺す父親がゐる

食パンにマーマレードをぬるやうに土蔵を染めて夕日がしづむ

秋の蚊をたたき手のひらしばし見る無念であらう冬はすぐそこ

高齢の男がさらに高齢の男に席をゆづる小春日

星のきらめき

玄関に林檎を置いて家を出るお帰りといふ香りきくため

うづたかく積んだ落ち葉に猫が来て静かに眠る冬の曇天

昨日までわが歯磨きし歯ブラシで今日は便器のへりを磨きぬ

ヒシクヒもマガンもマガモもハクテウもみな黒く飛ぶ朝の伊豆沼

三人の子等まだ未婚　孫の手で背中掻きつつ孫を夢想す

電柱が木だつたころは影だつてやはらかだつた夕暮れの道

顔を伏せ何も見ないですべり行くうしろに乗つたボブスレー選手

道の辺に置かれた花は枯れ果てて「おーいお茶」だけ夕日に光る

むがむがと牛タン焼きを咀嚼するけして自分の舌は噛まずに

雪かきをすれば下校の子供らは雪ある道をえらび歩きぬ

震災の大停電の夜に見た泣きたいやうな星のきらめき

真夜中の光あふれるコンビニに影を持たずにおでん買ふ客

もう少し待てば桜は咲くでせう捏造でなく偽装でもなく

悲しみは一瞬にしてよみがへり長い時間をかけて忘れる

寝てる子にウルトラマンは摑まれて電車の中に両手広げる

消費税増税ののち求めたるトマトの苗に小さき花咲く

啄木と節子の写真じつと見る顔の大きさ比較しながら

左に曲がる

あさがほの蔓のぼりゆく蟻がゐて岐路に立つとき首を傾げる

左に曲がる左に曲がると言ひながら佐川急便左に曲がる

両手挙げＹＭＣＡのＣの字で青森県は地図に踊りぬ

熊蜂がハミングをして渡りゆく楽譜のやうなあさがほの棚

ももクロの全員の名を憶えたが自慢する人どこにもゐない

みづからの手柄のやうに予報士は梅雨が明けたと言つてほほゑむ

スーパーのカートに眠る幼子の母はかさこそたまごを選ぶ

村の字で検索すれば春樹より花子が先に出てくるゆふべ

幼き日ボクでその後は長いこと俺で通してまだ儂じやない

人はなぜ好きだと言へず立ち止まる愛はいつでも少年のまま

イヤホンでラジオ聴きつつ芋を煮る妻がときどきにやりと笑ふ

瞬間がつづいて人は生きてゐるぱらぱらマンガの男のやうに

秋空に心吸はれることもなくバス待つ生徒らスマホをのぞく

長のつくことなく生きてきたことを幸ひとして生きる晩年

野良猫がのぼつた足跡ついてゐるフロントガラス拭かずに走る

栄養がないと強調する菓子がよくなつたのいつからだらう

湖に映つた舟はハンバーグ空と空とにはさまれてゐる

駅伝の中継で見るそれぞれの地域の今日のガソリン価格

青くなり逃げてゐるのはいつだつて男と決めてゐる「非常口」

妻と茶を飲む

どんぐりに目鼻を付けてしまつたら捨てられなくてテーブルの上

ひきだしの父の形見の腕時計ときに取り出し竜頭を回す

銀紙のガムの香りを指先にすりこんで折る動かない鶴

猫が行くどこに行くのか雪を踏み足音たてず影を連れゆく

世の中に子供殴れる人がゐるテレビニュースにまづは驚く

デパートのトイレの床の大理石ビーナスになる道もあつたに

微笑みの遺影がいつも飾られる死人は決して怒らないから

一袋ごとに氏名の書いてある知らない人の作つた野菜

唐草の風呂敷持つたどろぼうがゐたころ日本はのどかであつた

いくらかをわがどんぶりに移し替へ妻はラーメンすすり始める

歌謡曲にいつも「あの娘」がゐた頃の私は汚いそこいらの餓鬼

全館に響くくしやみをふたつして老人はまた本読み始む

手でつかむことのできない木漏れ日のやうなしあはせ妻と茶を飲む

食堂のサンプルケースの中にあるジョッキビールの泡につむ塵

真つ白に冷凍されたクロマグロ解凍されて赤身を晒す

公園の空気を心太にして素振りしてゐるテニスラケット

蛍光のマーカーひいた参考書ひらき電車に眠る少年

うなりつつ恵比寿で乗つた銀の蠅　電車に触れず渋谷で降りる

どちらかの腹

ゴム紐が伸びてゆるんでいくやうに飛行機雲が融ける夏空

八甲田山中迷ふ人のごと何度も午後のスーパーめぐる

スーパーで妻にはぐれて考へる妻の着てゐた服は何色

これ以上開けられぬほど口開けて何も叫ばず歯を削られる

手のひらにスマホをのせて釈迦のごとグーグルアース指で転がす

敗戦日とは言はない国でおとなりの戦勝記念日のニュース見てゐる

牛丼を待つ青年はスマホ見る食べながら見る見ながら帰る

日本地図想ひ世界地図想ふ産地表示のスーパーの棚

肉食べて革靴履いてミルク飲み生きた牛には近づかぬわれ

燃えるのか燃えないのかを妻にきくまだ分からないごみの分別

秋の夜の妻と二人の居間にゐて腹が鳴りをりどちらかの腹

満月も夜ごと削れて痩せゆけり息子娶らず娘は嫁さず

野仏が野に咲く花にかこまれる特定外来生物の花

コンサートホールに響く咳払ひ止んで始まる第二楽章

しやべらないテレビ体操のお姉さんランチするとか言ふのだらうか

冬晴れの青空にある柿ひとつ全てが落ちて来年が来る

裏庭に妻が埋めたる生ごみに得体の知れぬ芽が出てをりぬ

やはらかなひびきの母といふことば父は舌打ちするかのごとし

居間の日めくり

究極の「悲しき玩具」若者にスマートフォンを持たざるはなし

ビニールのサンダル履いた容疑者の足だけ映すお昼のニュース

水槽にとびこむ時の白熊のちらりと見せる黒い足裏

隣国は日本嫌ひと思ひしに街にあふれる隣国の人

ユニクロの店内にゐるはずの妻さがして布の迷路を歩く

冬の街ちらりとガラス越しに見てハンバーガーをかじる夕暮れ

淡路島使ふだらうか神様が琵琶湖にそつとふたをするとき

旅行から帰れば居間の日めくりは出かけた日付のままに待ちをり

つれあひをハチミツと呼ぶアメリカと戦してゐたオイと呼ぶ国

ベネチアのグラスは割れてヤマザキの器は残る震災のとき

いだきあふテレビドラマのカップルの頭かすめる地震情報

いくたびもさまざまな夢見てきたが起きるそばからすぐに忘れる

蠟梅の花をくはへてひよどりが青空の中に飛び込んでいく

身を捨つる国はともあれマッチすることもなくなりただ桜待つ

陸上の百メートル走の選手らは十秒前後でみな走りゆく

水を飲むたび

ストロボがひかりシャッター音響く知事会見で水を飲むたび

むかし子を叱つた夜を思ひだす些細なことで叱つたことを

春空にブロッコリーを並べ置くやうにほつくりある七ツ森

日本は砂漠の国かと思ふほどみんなの鞄に飲み物がある

録画したドラマのやうに出したいがいつも気まぐれ夢も現も

雨の夜に妻といさかひそのままに低反発の枕で眠る

品川の駅のホームに朝が来た録音された小鳥が鳴いて

マジックで手首に描いた腕時計いつも三時で止まつてた針

バリカンがわが側頭部這ひ上がり床屋の床に散りゆくしらが

外食で娘と食べてきた妻が夕餉に鰺を一枚焼きぬ

点々と公園の土黒くして塗り尽くすころ夏の雨やむ

石垣島白保の浜に住むといふ白い宿借りいつか会ひたし

弁当屋二階の学習塾にゐる子らも嗅ぐべし竹輪天の香

ＣＭがないからつらいＮＨＫチェンジを待つてトイレへとたつ

つぶされた蛙のやうな一枚がぴたりと嵌まるジグソーパズル

本当の恋を知つてる南天の実がわが庭に色づきはじむ

目に藁を刺された魚を二匹焼き頭から食ふ秋の夕暮れ

海馬なら孕むあたりのフクシマに人住めぬ地のあるを思へり

折り鶴の頭をどつちにするといふ選択権はわが手にありぬ

三ヶ月わがガレージに巣をかけし蜘蛛をからかふ息吹きかけて

蜜柑の香り

シャーペンを回す少年考へる音のかそけき冬の図書館

前を行くバスの広告かがやきぬ「日本有数の安い葬儀社」

触れたなら手を切りさうな半月が乾いてのぼる冬の夕暮れ

湯をそそぎ混ぜてカップのへりにつく埃のやうなスープのパセリ

信号は都会の人を走らせる日に何回も点滅をして

除夜の鐘をさなごの声うるさいといふ人もゐるうるさい日本

有名人が通り行くくらし高々とスマホかかげる人たちの群れ

しやきしやきと芹の根を食む仙台の芹鍋うまし雪降る夜は

コロッケはポテトが好きと妻がいふ窓の外には冬の満月

妻のむく蜜柑の香りで目をさます温いこたつに居眠りすれば

フランスの年寄りはどう食べてゐるフランスパンを嚙り思ひぬ

見るたびにおんなじやうに美しく見るたび違ふ春の浮雲

何だってできる男でありたくて今日はパンツの穴を繕ふ

踏切の竿についてるビニールに「お待ち下さい」揺れる夕暮れ

さつきまで妻が眠つてゐたふとん五月の朝の光にうねる

包丁を研ぎます

身長が六センチほど縮んでた四十六年逃げた容疑者

ひらがなの形で蝶が飛んでゆくカタカナ色のビルのあひだを

寝るスマホ寝る寝るスマホ寝るスマホ最終電車の向かひの座席

植ゑ替へるときには止まる花時計やさしい時を静かに待つて

スリッパに畳表が貼つてありフローリングのすべては和室

かまどうま居間にあらはれひげ揺する秋の夕暮れ庭へと帰す

本当の網でできてた網だなに風呂敷包みがのつてゐた夏

包丁を研ぎますといふ立て札をかかげ男は秋空の下

葬儀でもおかまひなしに鳴る電話ほのほが揺れる太い蠟燭

飯くはぬ人が増えるも年ごとに美味くなりゆく日本の米

焚き火することもなくなり集めたる落葉はごみの袋に入りぬ

門柱に「猛犬注意」といふシール冬の日さして静まりをりぬ

バニラから唾のにほひに変はるまでアイス食べ終へなめたスプーン

玉乗りをせんとつま先立ちをする鹿児島県は九州の足

除夜の鐘百八聞いて二百六骨もつ人のわれも年ふる

駅伝の選手にならび駆けて行きほどなくやめる沿道の子ら

冬空に白い切り目を入れながら飛行機雲が伸びてゆく午後

妻の背に湿布薬貼る冬の夜クリムトの絵をテレビは映す

割れるとき雫をおとすしやぼん玉それでも子らはストローを吹く

静かという文字に争ひひそむこと納得しつつ眠りにおちる

みかん箱もりんご箱もみなダンボール割箸だけが木の香を残す

道にふる雪は汚れて消えゆけり次に降るなら富士山の上

主文から述べず判決理由読む時は死刑とコメンテーター

箱だつたテレビは板のごとくなり指で電話をこする世に住む

うら庭に埋めて小石をひとつ置く玄関前に死んでたすずめ

春空に半分とけた昼の月はくもくれんの上に浮かびぬ

串にさすたまごのやうに夕暮れの庭に五本の白チューリップ

人間に飼はれるものを除いてはけものらはみな日々に野宿す

誰も居ぬ部屋に独り言をいひ自分の声にしばし恥ぢいる

尻屋崎灯台めぐる草原に馬糞さけつつ妻と歩みぬ

ＢＣＧのあと

トイレットペーパーの芯にしがみつく僅かに残る紙の断片

一瞬の雀の交尾見た午後に熱い紅茶を淹れてすすりぬ

缶詰にほぼ缶切りは使はない引き出しにある缶切りふたつ

肩にあるＢＣＧのあとさへもいとしかりけり山口百恵

地図上の琵琶湖に線が引かれゐて自治体ごとの領有示す

そら豆のやうな蛙をついばんでひよいと呑みこむ夏の白鷺

球形の空気をつくり縄跳びの少女は夏に卵黄となる

ステテコを素敵にはいたモデル立つファッションビルに揺れるポスター

球児らの監督は間々太りすぎはちきれさうなそのユニフォーム

口紅の少女がすねてゐるやうな花をすぼめる午後の朝顔

世界からいのち取り寄せわれら生くノルウェーの鯖メキシコの豚

台風を伝へるときはまゆひそめ困つた顔をする手話ニュース

指宿の朝の浜辺でひろひたる軽石でこするふたつのかかと

がら空きの電車にさがる吊り革がそろつて動く兵士のごとく

あぐらかきじつと見つめる足の裏これでささへて立ちし歳月

首筋に粉

祈ることなにもないのに秋の野に入り日を見ればかうべをたれる

首筋に粉はたかれて出来上がる昭和の床屋に子供のわれは

冬となり三本立ての夢を見る真夜中に二度トイレに起きて

こんな子が息子ならさぞ幸せと大谷翔平見て妻が言ふ

曇りたる列車の窓を手でぬぐふスマホのやうに流れゆく街

スマートフォンあれば誰でも幸せになれると言つてるやうなＣＭ

日本橋で並んで食べた天ぷらはリンさんが揚げニャンさんが出す

おつかれさまでしたと刷毛で毛を払ふ理髪店主が寝てゐたわれに

かみそりを革のバンドで研ぐ音も聞かずになりて平成は過ぐ

みかんでもりんごでもみな木の箱に入ってた頃の夜の閑かさ

つまらない世の中

値段言ひおまけ言ふたび歓声があがる通販テレビ番組

大臣の答弁をするニュース見て妻がつぶやく「変なネクタイ」

つまらない世の中となるみかんでもいちごでもみなきちんと甘い

なぜなのか春の雪降るこの夜に冷し中華が食べたくなりぬ

かたすみの丸に入つた友のゐるモノクロームの卒業写真

葬儀社のラッピング広告されてゐるバスに乗り込む桜咲く夜

地下鉄でどうぞと立ちし若者の温もりがまだ残つた座席

トンネルの出口の光がふくらんで「しまんと1号」新緑に入る

図書館でひらく仔猫の写真集長い茶の髪はさまつてゐる

昭和から平成令和と生き延びていつもと同じ赤い夕焼け

ランナーを豹柄にする木漏れ日の定禅寺通りハーフマラソン

巻き尺のボタンを押せば白蛇が神の使ひのごとく消え去る

タオルケットすつぽりかぶり夏の夜の妻は木乃伊のごとく眠りぬ

家で死ぬことがどうして幸せかわからないままひとり飯食ふ

ゆれてゐる湖面のひかり天井に映してすすむスワンボートは

早起きの鳥のさへづり聞こえきて夢と現のあひださまよふ

三十分オペレーターを増員し今日も待つてるテレビ通販

郵便の赤いバイクも乗りこんで尾道渡船岸をはなれる

楽章と楽章の間にどこやらでいつもだれかがする咳払ひ

高名な巨匠の描いた名画でも傘に張られて丸くふくらむ

割れないで残つた酒瓶探しだし呑んで眠つた震災の夜

われ死なば妻は絶対泣くだらうそれから笑ふ十日ほどして

冬の夜の夢

白鳥に抱かれて首にしがみつく幼いころの冬の夜の夢

冬の夜の妻はゆたんぽ胸に抱き寝返りうてばかぽんと鳴りぬ

灯油入れるブリキでできた一斗缶ふたをかぽんと押して開けにき

出かけずに無観客相撲うちで見る紙相撲かと思ふ静けさ

考へてみればこれまでの外出は不要不急であつたと思ふ

公園のピンクの猫にまたがつて尻にほんのり春のぬくもり

欧米のならひのハグとキスやめてお辞儀よかれと近ごろ思ふ

窓枠に両肘のせて飽かず見た流れる景色の昭和の電車

初夏の歩道に雨が降りだして香りが淡くわきあがる午後

立ち止まり尿する犬を待ちながら一番星を見上げる男

4Kのテレビ画面のモナリサのマスクメロンのやうなひび割れ

減塩の醬油をかけて少し食べ追加でかける夏の夕食

通販の電話番号に曲つける人を思ひぬテレビ見ながら

ビニールの衝立二枚に挟まれてわれは歩きぬマシンの上を

悪役はいかにも悪い顔してた理解しやすき昭和のドラマ

土砂災害警戒情報解除されテレビはヒツジの交尾を映す

電柱が木だつたころの夕焼けは影絵のなかに光る街並み

蜘蛛が去り空き家となりし蜘蛛の巣に一片の雪触れて光りぬ

図書館のどこかの席の大くしやみ飛沫どれほど飛んだだらうか

天国といふ名

建ててゐる途中の家のリビングの淡き光に冬の雨降る

ラーメン屋の屋号にされた山頭火しぐれる街の夜にかがやく

天国といふ名で夜のバイパスに光りかがやく大パチンコ屋

生協の冷凍ケースにセネガルの蛸は眠りぬ半切りにされ

生中継のテレビが映す時計台わが家の時計とおんなじ時刻

子供らは色とりどりのマスクして下校してゆく祭りのやうに

鶴嘴で道路をうがつ男ゐた昭和の街のほこりのにほひ

五十八年ぶりに読んでる〈ABC殺人事件〉満月の夜に

スパコンの富岳に教へられしこと日々に飛沫の中でわれ生く

水割りをピアノに置いてジャズを弾くピアノが弾けぬわが夏の夢

軒下につるありいんげんぶら下がり目覚めたわれにみんな採られる

川原の狐火

病院を砲撃できる兵士ゐるそれを命ずる男のもとに

手の甲にぽんぽん煙草を弾ませて父が一服してゐた日暮れ

ひらがなの混じる名前がならびゐて皆ほほ笑みぬ選挙公報

それぞれに「個人の感想」述べてゐる素人の出るテレビＣＭ

祖母が見た北上川原の狐火を見たいとおもふ七十となり

ライン来ぬ

運動を終へたクラブの高齢者ロッカールームでももひきをはく

若き日のわが恥づかしき出来事を知る人たちは次々逝きぬ

お歳暮をやさしくあけて包装紙なでてたたんだ母のゐた冬

落ちきればもう動かない砂時計とまることなき滝になれずに

美しい羽根をひろげてゐる孔雀うらから見てゐる子供がひとり

にはとりは千五百万羽殺されて卵が高いとヒトは嘆きぬ

風のない庭にときおりぽろりんと花びらおとす午後の芍薬

息子から結婚するとライン来ぬ　夏のをはりの雨降る夜更け

あとがき

本書は二〇〇八年晩秋から二〇二三年の晩夏にかけて詠んだ歌の中から四百四十二首を選び一冊にまとめた私の初めての歌集である。

私が短歌という形式をきちんと認識したのはかなり晩く二〇〇八年、五十八歳の秋だった。学校の教科書にも短歌は幾つか載っていたはずなのだが私は殆んど覚えていない。それが一変して短歌に親しむようになったのにはあるきっかけがあった。

二〇〇八年の秋に私は亡母と仙台文学館に行った。もともと母は明るく積極的な性格で世界中を旅し、数々の講演や会合にも出かかける行動派の女性実業家として地元でよく知られた人物だった。それが高齢になった或る時期から突然に心を病み家に引きこもりがちになった。そんな母を慰めようと外出に誘った。そのとき仙台文学館では草野心平展が開催されていて文芸好きの母にならきっと合うだろうと思った。帰りにはランチしてこようと誘うと母は同意し、文学館でひと時の笑顔を取り戻し昔に戻ったようだった。

そして私は帰りがけに「館長小池光短歌講座」の張り紙を見た。

辛い時期を過ごしていたのは母ばかりではなく私も同じだった。経理業務を担当をしていて頭の中はいつも資金繰り表の数字が渦巻きストレスで眠れぬ日もあった。耳の中で不意にヒヨドリが鳴き叫ぶような音が聴こえ耳鼻科に行くとストレスによる突発性難聴と診断された。仕事のことを考えない時間を作らなければと考えていた処だったから私は衝動的にこの短歌講座に申し込み、参加した。不明を恥じるばかりだが短歌を知らないばかりか小池光先生が著名な歌人であるのことも文学館館長であることも知らなかった。題詠で一首提出して講評を受けるのだが、何も知らぬまま参加したため最初にどんな歌を作ったか記憶にも記録にもない。二回目には「しあはせになりたいけれどしあはせがなにかしらない秋刀魚をくらふ」を提出した。それを巻頭に置いた。

他の受講生の短歌やその講評を聞いて私は仙台文学館で多くを学んだ。知人に勧められて翌年からは日本経済新聞と読売新聞の歌壇にも投稿した。掲載され講評が付くと励みになった。いつも仕事の事ばかり考えていた頭の中の半分を短歌が占め、気持ちも落ち着いてきて耳鳴りもやんだ。啄木にとっては短歌は悲しき玩具だそうだが、私には薬害のない精神安定剤だ。

母も掲載紙を見て「あんたはうまいんだね」と言ってくれた。その後介護施設に入り、新聞に載ると他の入所者に自慢して見せていると聞き少しは親孝行になったかなと思う。母が私を短歌に導いてくれたのかもしれない。

妻のことも書いておく。妻とは一緒になってもう半世紀をこえ人生の七分の五を過ごしている。一番身近にいて歌集にたびたび登場するが、その妻をあたかも死んだかのように詠んだ短歌がここには数首入っている。しかしそれは私の妄想から生まれた歌であり事実ではない。訳がある。当時、尊敬する歌人である永田和宏、小池光の両氏が相次いで奥様を亡くされ、その挽歌にもふれ、妻に先立たれたら自分はどうなるだろうかと考え妄想した。まれに小さな諍いはあるものの妻との関係は良好で共に極めて健康だ。妻は自分を殺した歌も笑って受け入れ、歌集を編む事にも反対しなかった。むしろ喜んでくれている。ありがたく思う。

最後になるが出版に際し世話になった砂子屋書房の田村雅之氏に感謝を申し上げたい。歌集を編むのは初めてのことで右も左も分からぬ私に丁寧な説明とご教示をいただいた。こころより厚くお礼を申し上げる。

二〇二四年二月一四日

岩間啓二

歌集　七文半の足あと

二〇二四年五月一五日初版発行

著　者　岩間啓二
宮城県仙台市泉区寺岡三―三―一八（〒九八一―三二〇四）

発行者　田村雅之

発行所　砂子屋書房
東京都千代田区内神田三―四―七（〒一〇一―〇〇四七）
電話　〇三―三二五六―四七〇八　振替　〇〇一三〇―二―九七六三一
URL　http://www.sunagoya.com

組　版　はあどわあく

印　刷　長野印刷商工株式会社

製　本　渋谷文泉閣